해피 버스데이 우리 동네

창 비
청소년
시 선
38

해피
버스데이
우리 동네

신지영 시집

창비

차
례

제3부
**우리라는
다정함**

해피 버스데이 우리 동네

흔한 날이죠
촛불처럼 꽂힌 가로등
희미한 빛 따라
할머니 할아버지 들은
폐지 가득한 밤을 주워요

언제나처럼
아저씨 아줌마 들은
시퍼런 새벽 돈 벌러 나가죠
잿빛 솜사탕, 매연을 뜯어 먹으며
피곤이 우거진 첫 버스를 타요

녹슨 웃음이 삐걱대는 놀이터
작은 공장의 불빛이 하나씩 꺼지고
낡은 지갑을 든 엄마들이 데리러 올 때까지
아이들은 분홍 야광 공처럼 튀어 다니죠
그 빛이 또 얼마나 예쁘다고요

우리 동네는 사람을 먹여 살리지 못하죠
달콤한 케이크의 중심부를 먹어 보지 못했어요
그런데 신기한 건 모두 충치가 있다는 거예요
썩어서 동그랗게 구멍 뚫린 삶
누구는 시간을 갉아먹은 흔적이라고도 했죠
왜 이 거리 사람들은 치과도 가지 못하는 걸까요
그러면서 뭐가 좋다고 배춧잎처럼 푸르게 웃는지

오늘은 3월 1일*
해피 버스데이 우리 동네
내 생일하고 똑같아 잊을 수 없죠
초가 꽂힌 케이크 같은 건 없지만
우리가 우리에게 선물인 건 믿어요
아무도 축하해 주지 않는 추운 봄날이에요

* 1995년 3월 1일 자로 구로구에서 가리봉동, 독산동, 시흥동 일부가 분리
되어 금천구로 신설되었다.

제1부

발견하고 보니
나였어

무쓸모

누구나 날 보면
쓸모가 없다고 한다

쓸모가 없다니 정말 다행이다
쓸모가 많아서 여기저기 불려 다니면
내가 가진 가장 중요한 쓸모가 뭔지 잊어버릴 거다
발견되지 않은 나만의 쓸모는 그래서 안전하다

안전한 날들이 쌓여서
어느 날
먼지 한 톨에도 기쁨을 나눌 수 있게 된다면
그때서야 발견할 것이다
나만 가진 쓸모를

나부랭이

나부랭이
나부랭이

보잘것없고
참 가난해 보이는 단어
부를 때마다 좋다

나 따위가 나부랭이라 불리면
오히려 편해진다

더는 초라해질 것 없이
가냘프고 섬세한 오라기가 된 느낌이다
마음도 가벼워진다

고등학생 나부랭이
나에 대한 쓸데없는 기대도 함께 나부랭이가 된다

그릇

항상 궁금했어요
분명 내 것인데
허락이 필요했거든요
내가 좋아하는 것은 넣을 수 없었죠
싫은데도 참아야 하는 게 참 많았어요

그래서 그랬어요
최선을 다해 아무것도 안 했죠
학교도 가지 않고
학원도 가지 않고
그저 방 안에 앉아 있었죠

눈물도 비워지고
웃음도 말라 가더니
어느 날 텅 빈 내가 보였어요

조금만 툭 쳐도 깨질 만큼
단단하지 못한 꼴이었지만

남이 채운 것 다 버리고 나니
내 안이 어떻게 생겼는지 처음으로 보였어요

다시 채워도 되나요?
오롯이 나만의 것으로

다 맞는 말

선생님은 길이 아니면 가지 말라고 했다

아빠는 길이 없어도 내가 가면 길이 된다고 했다

학원 빼먹고 피시방 갔다 엄마한테 혼난 걸 보면
선생님 말이 맞는 것 같고

학원 빼먹고 피시방 가는 나를
친구들이 따라 하는 걸 보면
아빠 말이 맞는 것 같고

둘 다 맞는 말인데
둘 다 내 길이 아닌 것 같고

그 개에 대하여

비 오는 날
개 꼬리를 잡아 본 적이 있어요
동네로 들어가는 골목을 지날 때였죠
종아리에는 흙탕물이 작은 질문처럼
점점이 튀어 오르는데
집에 있는 피자 생각에
자꾸 혀끝에 침이 고였죠

그 개는 온통 젖어서
바들바들 떠는 몸뚱이로
편의점 쓰레기통 옆에 있었어요
아이스크림 껍질 안에 주둥이를 디밀고 혀로 핥으며 말
이에요

가야 하는 것일까
되묻는 도중에도
이미 그 개를 향해서 가고 있었죠
그냥 우산만 받쳐 주자

저 껍질을 마저 핥을 때까지만이라도

살며시 다가가 우산을 받쳐 주는 순간
개는 흠칫했죠

그때였어요
내가 개 꼬리를 잡은 것은
아주 잠깐, 젖은 털이 손안에 닿았죠
고개를 돌린 개는 쏟아지는 빗속으로 달려 나갔어요
내가 개를 향해 손을 내민 것은
도망갈지도 모른다고 느꼈기 때문일까요
순간 내 손은 말할 수 없이 난폭했겠죠
종아리에는 흙탕물이 번져
알 수 없는 의문투성이였어요

집으로 가면서
그 개가 핥아 대던
하루치의 달콤함과

빗속을 뛰어가던
발바닥을 생각했죠

집에 있는 피자가 떠오르자
혀끝에 침이 고였어요

사춘기

손안에선 짙은 풀 냄새가 헤엄쳐 다녔다

동그랗게 오므린 마디를 타고 흘러
팔목을 간지럼 태울 때마다
가지 끝에서 덜 자란 꽃망울들이 터져 올랐다

바람은 아직 앳됐고
있는 힘껏 다리를 차올리면
운동화 앞으로 부풀어 올라
코를 톡 쏘는 흙먼지 냄새도 괜찮았다

노을에 관해선 말할 수 없었다

계절과 숲 사이
붉게 번지는
말하지 못한 것들이
밤마다 꿈에 나타나 왜 입술이 부르트는지

한 뼘씩 커지는 질문은 어깨가 넓어져 갔다

밥과 똥

지우개 밥을 뭉친다
동글게 동글게
쇠똥구리가 굴리는 똥처럼

지우개 똥을 뭉친다
동글게 동글게
쇠똥구리가 굴리는 밥처럼

내가 밥이라 부르는 걸
내 짝은 똥이라 부른다
밥이 똥이 되는 순간
똥이 밥이 되는 순간
우리는 서로 다르다

다르지만 같은
동글게 동글게 뭉치는 마음

똥이 거름이 되고

밥이 똥으로 나오는 것처럼
서로 맞물린 마음

바늘구멍 속의 세상

할머니 대신 실을 꿰었지
실은 허공과 바늘의 경계를 자꾸 뭉그적거릴 뿐
바늘구멍을 시원하게 통과하지 못했어

도대체 얼마나 작기에
이렇게 얇은 실 하나가 통과 못 하나 싶어 바늘구멍을
들여다보았지

실을 꿸수록 작은 구멍이 더 작아지는 것 같았는데
한쪽 눈 질끈 감고 들여다본 바늘구멍 안으로
우리 집 커다란 서랍장 하나가 들어오는 게 아니겠어

내가 다가갈수록 쇠의 구멍은 점점 커다래지고
온 집 안이 구멍 안으로 들어오고 있었어
허공과 구멍 속 세상이 원래 하나였던 것처럼

문득 내가 보는 세상이 바늘구멍 같다는 생각이 들었어
너무 작아서 무엇도 담지 못한 내 세상을 조금만 더 들

여다보면
 사실은 세상을 다 품고 있는 게 아닐까

 창밖에서 방금 세수한 듯 환한 바람이 바늘구멍 안으로
불어왔어

닮다

네가 다리를 절 때
나는 마음을 절고 있어서
네가 참 나 같더라

나 같은 너는 따뜻했지

이 작은 교실에서도
가끔 네가 멀게 느껴질 때가 있어
그러면 나는 내가 만졌던 네 마음을 떠올려
조금은 못생겼지만 그게 또 사랑스러운
우리의 마음

눈이 보이지 않는 사람과 귀가 들리지 않는 사람이 친구
가 된 것을 보았지
둘은 손바닥에 글씨를 쓰더라
추운 겨울에도 맨손이 서로 닿더라
그래, 손을 만지면 마음도 만져지지
만져진 마음이 서로 닮아서 친구가 됐을 거야

어쩌면 세상에 닮지 않은 사람은 없을지도 몰라
그렇게 생각하면 누구의 마음도 다 따뜻하게 느껴지지

서툴고 모자라지만 아직 자라고 있는 마음이

35도의 아침

가방을 메고 나서는데
지하에 사는 할머니가 골목에 쪼그려 앉아 있다

등은 땅에 가깝게 굽어 있고
머리는 하얗게 속이 보인다

하루 중 가장 시원한 시간
할머니가 세상과 만나는 시간이다

골목만 나가면 놀이터인데
거기엔 또래 친구도 많은데
거기가 미국보다 멀지도 모르지

말 듣지 않는 다리를 타일러 봐도
할머니의 세상은 집과 집 앞이 다다
가끔 놀러 오는 비둘기 몇 마리가 이야기 친구다

할머니 앞을 지나갈 때마다 인사를 드리고 싶은데

36.5도에서 조금 모자라는 것일까

아직 덜 뜨거운 마음의 체온이
오늘도 그냥 지나가게 한다

거리

할머니 셋이 앞서간다

— 옛날엔 육십이면 할머니야

옛날엔?
그럼 지금은?

내 눈엔 할머니가 맞는데
할머니들은 아직 할머니가 아닌가 보다

할머니들이 슬쩍 나를 보더니 속닥거린다

— 요즘에는 초등학생도 저렇게 멋을 부리고 다닌다니까
— 그러게, 꼭 고등학생처럼 하고 다니네

할머니들, 저 고등학생이에요
초등학생 아니라고요!

아차!
할머니들은 할머니가 아닌 게 맞고
나는 초등학생이 아닌 게 맞구나

우리 사이에 거리가
참 멀다 싶어
슬쩍 다가가 본다

어쩌면 꽃은

꽃은
똥처럼 예쁘고 싶었을지도 몰라

자기를 썩혀서
거름이 되고 싶었을지도 몰라

하지만 아무도 꽃에게
그런 말을 해 주진 않지

그저
향기롭고 곱다고만 하지

똥처럼 예쁜 꽃은……

제2부
누구나
엄마가 있지

감상적

엄마는 손톱을 깎을 필요가 없었어
손톱이 닳게 일해야 했거든
이라고 썼더니 너무 감상적이라고 쓰지 말란다

갈라진 시멘트 틈으로
가난처럼 빗물이 스며 들어온다
라고 썼더니 너무 감상적이라고 쓰지 말란다

무료 시 창작 교실 선생님 말씀에 따르면
아, 내 삶은 감상적인 거였구나
엄마는
찢어지게가 아니라
찢어질 것도 없이 가난한 게 우리 집이라는데
그것도 감상적인 거였구나

그래서 나는 글에서 가난을 풀어내지 못하고
그저 몸과 마음에 담아 두기로 한다

안방 대신

— 아직 수업이지? 엄마 편의점 알바 가니까 학원 끝나고 오면 저녁 먹고 자

— 손님 많은가 봐? 아침에 국 끓여 놓고 학교 갈 테니까 일어나면 꼭 밥 먹어

오늘도 엄마와 나는 안방 대신 카톡 방에서 이야기한다

동화

엄마, 달에 사는 마녀
창백한 바람이 무릎을 적신다

밤은 깊어 가고
가게들은 하나둘 문을 닫는데
현대서점 앞
월남치마 곱게 접고 앉아
아까부터 조는 엄마

불 꺼진 가로등 위로 게으른 달빛이 쪼그려 앉고
올 빠진 돗자리 위엔 사과가 몇 무더기 놓여 있다

떨이로도 팔려 나가지 못하는 고단함이 쌓이는데
피곤한 무릎 위에서 때로는 꿈꾸어도 좋은 것
융단처럼 뻗어 나온 서점의 불빛을 밟고 동화 속으로

이제는 지나가는 사람도 없는 새벽
전대에 손을 찔러 넣고 조는 엄마

꿈의 문을 열고
달 속으로 걸어 들어간다

얼룩

짬뽕 먹다 흘린 국물
빨간 얼룩이 나 같다는 생각이 들었다

피 같기도 하고
꽃 같기도 한
고릿한 무늬

아무리 닦아 내도
지워지지 않고
점점 흐려지는 얼룩을 보며
혼잣말을 한다
— 나처럼 끈질기네

아무리 지우려 해도 사라지지 않고
끝내 나는
엄마가 낳은 얼룩이 되었다

— 한국 사람도 아니고

중국 사람도 아닌
너를 낳는 게 아니었어

그 말을 들을 때마다
조금씩 흐려지는 나를 본다

한국 음식도
중국 음식도 아닌
짬뽕처럼
이것도 저것도 아닌
엄마에게 지워지지 않는 작은 얼룩을

젖소에게 미안해

엄마 젖은 먹어 본 적이 없어서
젖소를 보면 괜히 눈물이 난다

배고픈 아기에게 밥을 먹여 주는 것만큼 좋은 일이 어디
있을까
세상의 젖소들이 나를 먹여 준 것인데
젖소는 자기 아기에게 배부르게 젖을 먹였을까

얼룩송아지를 보면 나는 괜히 미안해져
새엄마가 데려온 동생의 젖을 뺏어 먹은
언니쯤 되는 기분이다

엄마는 다른 아저씨 만나
아저씨 애도 친자식보다 더 잘 키웠다는데

아빠랑 결혼한 새엄마는
남들한테 그런 칭찬도 못 듣는다
내가 잘 크지 않았으니까

동네에서 유명한 문제아가 나니까

그래도 다행인 건
새엄마가 데려온 동생은 나랑 다르다는 거
내가 아무리 괴롭히고 짜증 내도
나한테 잘한다

엄마 젖을 먹지 못해 그렇다는
핑계라도 있어서 다행이다

그렇게 생각하면 젖소에게 또 미안해진다
기껏 먹여서 키워 놨더니
한다는 소리가 고작 이런 것뿐이니까

엄마는 커서

열일곱에 낳았다
절망을
그게 나였다
아직 덜 자란 나무가 꽃도 피우지 않고 열매를 맺었다고
할머니가 한 달을 울었단다

있는 힘을 다해 키웠다
절망을
아빠도 없이
하루 열두 시간을 일하며
울 시간도 없이

열일곱이 되었다
절망은
이른 사춘기도 진작 보내고
쓸 만한 희망으로 자랐다
엄마가 절망을 낳았던 나이였다

엄마는
서른이 넘어서
다시 학생이 되었다

열매를 맺고 이제야 꽃이 피려나 보다고
할머니가 울었다

엄마는 다 커서 학생이 되었다
희망이 엄마 손을 잡고 학교에 갔다

어려운 질문

무릎이 반질거리는 바지가 익숙하다
엄마는

첫차를 타고 일 나가
막차를 타고 들어온다
엄마는

너무 피곤해 코를 골다
자기 코골이에 놀라서 깨기도 한다
엄마는

찌든 삶의 모서리마다 이유는 있지만
대단한 것도 아니었다며
그저 좋은 것만 기억하면 된다고 말한다
엄마는

— 그 좋은 기억에 나를 낳은 것도 있어?

엄마에게 묻고 싶지만
마음에 묻었다

고장 난 엄마

전화를 끊은 엄마는
있는 힘껏 쥐고 있던 희망도 뽑아 던졌지

일 년이나 밀린 월급도 못 받고

헐거워진 나사 같은 생활을 조이지도 못하고
어디론가 굴러가 버리는 걸까

야근도 2교대도 다 참아 냈는데
공장은 왜 망한 걸까

풀어 헤친 셔츠 사이로 갈비뼈가 덜컹거려
거친 숨소리가 새어 나와
엄마를 조일 드라이버가 필요해

엄마 일자리는 다 기계 몫이 됐지
밥 대신 기름을 먹기 전에는
취직도 힘들 거래

삐걱거리며 엄마가 걷고 있어
허기진 저녁의 공원은 속이 텅 비었지

달빛을 쪼는 굽은 등을
벌거벗은 하늘이 오래도록 문질러

다가가 가만히 손을 잡았어

엄마, 집으로 가자
김이 나는 밥을 짓자
포근한 김이 올라오게 집 안을 데우자

이사

공장들이 문을 닫자 동네가 비었다
짐이 반도 안 찬 용달차는
하늘처럼 새파랗다

여기서 더 밀려날 것도 없다며
엄마는 마음의 매듭을 꼭꼭 묶는다

지하에서
옥탑으로
곰팡이와 바퀴벌레 친구에서
뜨거운 볕과 차가운 바람 친구로
바뀌는 것뿐이다

살림을 비운 방은
내 마음과 똑같다

볕도 안 드는 낮은 창문 아래
노랗게 닳은 한쪽 벽

참 오랫동안 기댔다

동그랗게 반질거리는 상처들은
아직도 아물지 못했다

눅눅한 지하의 공기를 뚫고
낮은 천장을 뚫고
주인집 지붕을 뚫고
푸른 희망의 지느러미 쫓아 헤엄쳐 올라가다
도착한 옥탑방
아직은 괜찮다

쌍기역

낫 놓고 기역 자도 모르는 할머니랑
낫 놓고 기역 자만 간신히 아는 엄마

구부러진 등을 나란히
떼밭 일굴 때면
쌍기역에서 노래가 흘렀지

동네에서 태어나 동네로 시집온 할머니
먼 나라에서 동네까지 시집온 엄마
사이좋은 기역 자 두 개였지

셋이 잘 살아 보자고
서울 맨 가장자리로 이사 온 날
잘될 끼다
할머니 입버릇을 들으며
볕도 보기 힘든 지하에 짐을 풀었지

허리를 깊게 숙여야 들어갈 수 있는

낮은 문을 열며
우리 셋은 정말 똑같아졌지
사이좋은 기역 자 세 개가 된 거야

할머니와 엄마는 떼밭 대신 폐지를 일구기 시작했지
버려진 것들이 남겨진 것들을 먹여 살렸어

하늘을 짊어지고
몸이 만든 글자로 땅을 새기는 건
어디서든 달라지지 않았지
땅에서 나오는 건 다 정직하다고
할머니는 떳떳하게 웃었지

고릿적 같은 할머니 입버릇은 예언의 힘이 있었나
집을 들어갈 때마다
우리 셋이 같아져서 난 정말 좋았어

제3부

우리라는
다정함

어르신 집

오십 년 된 집으로 이사했다
헉, 엄마 아빠보다 나이가 많다!

이사한 첫날 우리는 결심했다
잘 모시고 살자!

걸을 때도 살살
문 닫을 때도 살살
우리 모두 살살이가 되었다

집을 모시고 살았더니 선물도 받았다
낡은 창문에 걸리는 풍경화는 매일 바뀌었고
마당의 감나무는 가을이 되면 잘 익은 감을 주었다
나무 바닥 거실에 가만 앉아 있으면
숲에 와 있는 것 같기도 했다

역시 어르신은 잘 모시고 볼 일이다

집과 사이가 좋아지니
우리 사이도 좋아졌다

수포 삼대

육천 원짜리 과일을 싸 주며
만 원 받고 오천 원을 거슬러 줬단다
와! 대단한 우리 할머니

일 년 전에 빌려준 십만 원 까먹고
어제 또 구만 원을 빌려줬단다
와! 대단한 우리 엄마

수학 문제 풀다가
빼기를 더하기했다
와! 대단한 나

내가 하루아침에 수포자가 된 게 아니다
우리 집안의 전통을 이어 가는 거다

아무렴!
빼기보다야 더하기가 낫지

할매 냉면

물길 불길 다 헤쳐 냈다는
할매 오십 년 전설이 끝나 버렸다

여우보다 요사스러운 서울에서
맨몸으로 지켜 낸 가게
코로나인지 입으로나인지가
다 망쳐 버렸단다

산 깎아서 집 짓고
흙 밭에 도로가 깔리는 동안
밑 빠진 독 같은 세월
할매 두 손이 다 막아 냈는데
두꺼비가 된 손등으로 이젠 뭘 막을까

유자차

엄마가 돌아오고 이 년 만에 함께 먹는 저녁

아직도 밉지만
그러면서 좋은 것도 같고
어색하기도 하고

한마디 말도 없이
젓가락 숟가락 소리만 푸짐한 밥상
살 발라낸 숨소리만 쌓여 간다

상을 치우고
엄마가 냉장고 구석에 있던 유자차 병을 꺼낸다
집 나가기 전에 엄마가 담가 뒀던 거다

잔 세 개 나란히 놓고
물을 올린다

병을 열려고 하는데 영 열리지 않는다

58

손바닥이 아프도록 병뚜껑을 돌려 봐도 소용없다

내가 인터넷을 검색하고
아빠가 병을 건네고
엄마가 병 아가리 주변에 따뜻한 물을 부었다

온 힘을 줘도 꿈쩍 안 하던 병뚜껑이
살짝 돌렸는데 덜컥 열렸다

우리 가족에게도 얼어붙은 마음을 녹일 온기가 필요한
건지 모르겠다
주전자에서 뽀얀 김이 뿌우 하고 피어올랐다

비둘기 부부

동네에 사는 비둘기들은
콘크리트 가득한 동네가 키워서
점점 닮아 가는 것일까
몸도 날개도
더 회색이 되어 가는 것 같다

어디 숲으로라도 가서 살았으면 좋겠는데
이 회색 동네에 정이 들었는지
떠날 줄 모른다

밤늦게 일 끝내고 들어오던
엄마 아빠의 회색빛 얼굴이 떠오른다

서울에서 산 지 이십 년인데
느는 건 재산이 아니라 살뿐이라며
허허 웃는 엄마 아빠

뒤뚱뒤뚱 일어나

김치에 소주 한 병
사이좋게 나눠 먹으며
그립다 그립다
고향 타령 하면서도
서울서 못 떠나는
비둘기 부부

유배지

좀 외롭네

엄마가 있을 때는
온 동네 사람에
다른 동네 사람까지
매일 놀러 와서
우리 집이 무슨 제주도냐고 짜증 냈는데

엄마가 없으니까
집이 휑해졌네

아빠랑 멍하니
소파에 앉아 한숨을 내쉬는데

아, 맞다
제주도가 원래 유배지였지

우리 집도 원래 유배지였을지 모르지

엄마가 있을 때만 관광지였는지도

원룸

옛날에 옛날에 원룸에서 살던 남자와 원룸에서 살던 여
자가 만나
원룸에서 살았다

원룸＋원룸＝원룸이 됐다
둘은 아주 잠시 행복했다

여자는 식당에서 열두 시간 설거지를 하고
남자는 편의점에서 열두 시간 알바를 했지만
투룸으로 가지 못했다

몇 년이 흘러
나를 낳았다
그사이 월세는 전세가 됐다

엄마는 나를 보살펴야 해서
아빠 혼자 공장에서 열두 시간을 일했다

아끼고 또 아꼈지만
전세를 다시 월세로 돌려야 했다

내가 중학교에 들어갈 쯤엔 행복도 말라붙었다
엄마가 집을 나갔다
아빠는 우는 나를 껴안고 둘이서 잘 살자고 했지만
몇 년을 버티지 못했다
어느 날 눈을 떠 보니 아빠도 없었다

달랑 한 장 남긴 쪽지에는
할머니네 주소가 적혀 있었다

원룸에 혼자 남았다

첫 번째입니다 1

1990년

산 아래
첫 번째로 만나는 동네

윗집 엉덩이 밑에 우리 집
우리 집 엉덩이 밑에 아랫집

무거운 매일매일
서로 받쳐 준다

산 밑으로
기어 들어가고
기어 나와도

조그만 문구멍이
숨구멍이고
살 구멍인 사람들

주고받을 게 없으면

마음이라도 주고받으면 된다
그래도 전망은 첫 번째로 좋다

내 주머니 속처럼 훤한 남의 집 사정
내 살 만지듯 손이 간다는 엄마는
오늘도 윗집 걱정
아랫집 걱정
우리 집 걱정

내 걱정은 딱 하나
오늘은 어떻게 이 비탈길을 올라가나
동네 앞까지 버스 한 대만 올라왔으면

첫 번째입니다 2
2021년

멈추면 일어나세요!
할머니들 넘어질까 봐
운전사 아저씨 열심히 외친다

덜컹거리며 가파른 길 오르는 버스 창밖으로
아파트들 마중 나와 있다

엄마가 태어나 자란 산동네
지금은 내가 태어나 자라는 아파트 단지
전망은 그때나 지금이나 첫 번째다

핏줄처럼 얽힌 골목길 따라 흐르던 이야기는
우리 집 단골 저녁 반찬

엄마가 그렇게 소원하던 마을버스는
1번 달고 매일 나를 태운다

판잣집, 버스, 산 밑 동네, 재개발, 아파트, 전망

툭툭 끊어진 장면처럼
따로 노는 것 같지만
쭉 붙여서 돌려 보면
엄마와
나를 이은
동네 이야기가
영화처럼 이어진다

같은 길

항상 같은 버스를 탄다

참고서 가득한 가방을 안고 조는 나
땀에 절어 흙 묻은 가방을 안고 조는 아저씨

피곤한 얼굴로 나만 조는 게 아니다
괜히 친해지는 기분이다

생각해 보니 우리는 같은 길을 가는 사람
매일 막차를 타고 얼굴을 본다

하지만 인사 한번 안 한 사이다

종점은 안양 유원지
둘 다 버릇처럼 노선표를 보지만
아무도 종점까지 가지 않는다

발견

남들이 보기에
난 언제나 그런 애
별 볼 일 없는 애

나도 내가 그런 애인 줄 알았지
네가 나를 발견해 주기 전까진 말이야

바람이 맞고 싶어서 일부러 달리는 나에게
파란색을 보면 신나서 춤을 추는 나에게
벽 틈에 피어난 풀꽃의 이름이 궁금한 나에게

— 넌 정말 특별하다
　글을 써 보는 게 어때?

등대

왕따랑 은따가 친구라고 놀림도 많았지만
혼자보단 둘이 좋더라
네가 있을 때는 견딜 만했어 학교가

네가 떠나며
등대가 되어 준다고 말했을 때
거짓말쟁이인 줄 알았지
도망치듯 학교도 그만두면서
어떻게 등대가 돼?

방문을 걸어 잠그고
아무도 만나지 않고
혼자서 화면하고만 논다며
반 애들이 킥킥대고 비웃는데도
너는 정말로 내 등대가 되어 주더라

메시지로
메일로

자기처럼 포기하지 말라고
반짝반짝 신호를 보내더라
너는 지지 말고
이겨 내라고
깜깜한 내 마음에 빛을 보내
길을 찾아 주더라

제4부
괜찮다!
아직

나무네 동네

오래된 나무를 벤다
바람을 안았던 무성한 나뭇잎들이 힘없이 툭
뿌리가 뽑힌다
벌레와 새 들이 살았던 동네가 옆으로 고꾸라진다

그곳에 살던 벌레며 새며 다 쫓겨났다
동네 하나가 뽑혔다

뽑힌 곳이 휑하다
저기에 새 집을 심은들 좋을까

벌레와 새 들의 동네는 이제 없다
평당 가격이 매일 올라가는 땅에 나무가 사는 꼴은 못
보겠다는데
그곳에 살던 원주민 따위는 알 바 없었겠지

나무는 몸 하나 세울 곳만 있으면 되는데
몸이 동네라

벌레와 새를 품었는데

그 나무 하나 서 있는 꼴을 못 본다

송충이

대문을 나서던 두 사람이 팔짝 뛰어오른다
얇은 소음을 껴안은 블라우스가 바람에 부풀어 오른다
그 앞으로 긴 더위의 갈증 따라
송충이 한 마리 천천히 기어간다
밟을까 고민하던 아줌마가 징그럽다며 피해 간다
알고나 있을까
자신들 웃음소리보다 더 연약한 작은 몸뚱이를

송충이를 잡아 보면 안다
조금만 세게 눌러도 터질 듯 무른 몸
손안으로 미끄러지는 부드러운 털들
연하고 부드러운 마음 지키려고
무엇보다도 험해진 몸뚱이

한 번만이라도 잡아 보면 안다
서러워져 자신을 지키는 것들은
얼마나 말랑거리는 슬픔을 가졌는지를

낡은 집 두 채 허물고 빌라 짓는다고
먼 동네서 땅 보러 왔다는 부부
셋집 녹슨 문 열고 나온 할아버지 눈만 껌뻑이더니
갈 데도 없는 낡은 슬리퍼만 내려다본다

비만 놀이터

아픈 다리 절룩거리는 할머니들
소주 나눠 마시는 할아버지들
아직 한국말이 서툰 엄마들
그 엄마들 손잡고 온 코흘리개 아이들
나처럼 시시껄렁 장난이나 치는 학생들
놀이터가 터져 나갈 지경이다

사람들이 버린
욕
눈물
쓰레기
먹고
놀이터는 자꾸
살이 찐다

같이 나눠 먹은
길냥이
닭둘기도 자꾸 살이 찐다

퉁퉁 붓고
뒤뚱거리며

놀이터 안 사람들처럼
신날 것도 없는
하루를 보낸다

기다리는 아이

현관문을 열고 들어설 때 알 수 있었어
네가 얼마나 날 기다렸는지
문 앞에 앉아 목을 빼고 보이지도 않는 밖을 보고만 있
었겠지
네 온기로 따뜻해진 바닥에 발을 대며
네가 정말 사랑스럽다고 생각했지

나만 생각하고
나만 기다리고 있었을 네가

복슬복슬한 털을 비벼 대며
빠질 듯이 꼬리를 흔드는 네가

네가 하루분의 기다림을 꾸역꾸역 삼키고 있는 게
무슨 자랑이라고
몰래 사진까지 찍어서 인스타그램에 올렸어
친구들이 귀엽다고 댓글을 달면
괜히 우쭐해져서

너를 쓰다듬었지

사랑스러운 게 아니라 마음이 아팠어야지
미안했어야지
가족이라면 그런 거니까

깜장 비닐 봉다리

학원을 나오는데 비가 쏟아진다
별수 있나
뛰면서 걸으면서 동네로 왔다

빗방울들은 날 비켜 가지 않았고
별수 있나
흠뻑 젖었지

리어카가 내 앞을 지나간다
잔뜩 쌓인 폐지가 비를 삼키고 있다
할머니는 깜장 비닐 봉다리를 머리에 쓰고
볕이 좋은 날처럼
천천히 리어카를 끌고 간다

가출한 선배 얘기가 생각났다
놀이터 화장실에서 자는데
신문지도 별로고
훔친 잠바도 별론데

깜장 쓰레기 봉다리가 최고였다고

그 안에 들어가면
물이 스밀 걱정도 없고
몸도 따뜻해지더라고

질기고 질긴
싸구려 깜장 비닐 봉다리의 위대함이여

비닐 봉다리를 타고 할머니 턱 밑에서 똑똑 떨어지는 빗
방울들
달도 없는 빗길을 걷는 밤
아빠한테 더 맞을 수 없어 가출한 선배는 지금 어디쯤
있을까

시장

좁은 길목에 줄줄이 늘어선 가게들
답답해서 하늘을 보니 뻥 뚫려 있었다

생선 가게 아저씨가
커다란 나무 도마 위에
'턱' 칼을 내려치니
생선 대가리가 '툭' 떨어졌다
'윽' 소리가 절로 나왔다

다듬어져 팩에 담긴 것만 보다가 깜짝 놀랐다
집에 와서도 '턱' 소리가 계속 내 마음에 내리꽂혔다
떨어진 생선 대가리가 자꾸 떠올랐다

이때까지
누군가 다듬어 준 생선만 먹고 살았다는 생각이
누군가 다듬어 준 길만 걸었다는 생각이 들었다

엄마도 아빠도 학원 선생님도

자기만 믿으면 편한 길로 갈 수 있다고 한다

누군가 만들어 준 빠른 길만 가다가
가장 중요한 내가 '툭' 떨어져 나갈 것 같다
유난히 시장한 밤이다

버릇

소년은 손톱을 물어뜯는 버릇이 있었다
손톱을 다 물어뜯어 내고는 살점까지 물어뜯다 병원에
갔다고 했다
절망이 손톱에 다 모이는 거라고 믿었던 것 같다
터진 운동화 틈으로 툭 튀어나온 엄지발가락은 버려졌
다는 느낌이 강했다
문방구 앞에 쭈그려 앉아 손톱을 물고 있을 때면
기어코 너를 내가 다 뜯고야 말겠다는 듯 결의에 찬 눈
빛이 반짝였다

밤이면 골목에는 긴 신음 소리가 이어졌다
잘못 들으면 짐승 우는 소리 같기도 했다
마음이 부서지고 밤이 깨지는 소리였다

아무도 구조하러 오지 않는 새벽은
바닥을 구르는 소주병처럼 비어 갔다

사람들은 모두 귀머거리 시늉을 했다

소년은 자신이 지나가면 사람들이 수군거린다는 것을
어느 순간부터 눈치챘다
그럴 때면 있는 힘껏 느리게 걸었다

동네 사람들 버릇은 모른 척하는 것이었다
모두들 약속이나 한 듯이 침묵했다
동전 하나 던지지 않고 구경꾼이 됐다

섬

담임이 심각하고 다정하게 말했다

— 다문화 친구랑 짝을 지어서 동네 지도를 그려 올 것

그 순간 나는 섬이 되었다
아주 작아서 지도에서도 보이지 않는

우리는 모두 육지였다
아무도 떨어져 있지 않았다

왜 그걸 담임이 떨어뜨리는 거지?

말이 떨어진 순간
나는 반에서 다문화라는 섬이 되었다
마음이 퍼렇게 출렁거리며 멀리 떠밀려 갔다

혜연이와 함께
어색하게

동네 골목을 다녔다

그렇게 친근하고 낯익던 곳이
다른 나라의
남의 동네가 된 것 같았다

카산드라 콤플렉스*

항상 고개를 숙이고 뭔가를 보거나
가끔 교실 안을 힐끔거린다

아무도 그 아이에게 말 걸지 않는다
아무도 그 아이의 말을 믿지 않는다

아무와도 섞이지 않는 그 아이는
누구보다 우리 반을 가장 잘 안다

자기 말만 하고
친구 말만 듣는 게 아니라

하루 종일
듣고
보기만 하니까

교실에서 유일하게 예언을 할 수 있지만
누구도 필요로 하지 않는다

* 카산드라는 그리스 신화에 나오는 여자 예언자로, 트로이 왕 프리아모스의 딸이다. 태양의 신 아폴론으로부터 예언 능력을 받았지만 아폴론의 사랑을 거절하여 예언의 설득력을 빼앗겼다. 그래서 카산드라가 트로이 함락을 예언했지만 아무도 그 말을 믿지 않았다. 카산드라 콤플렉스는 이 이야기에서 유래한 것으로, 흔히 예언이 맞지만 아무도 믿지 않는 상황을 가리킨다.

튼살

— 보기 싫다
네 말 한 마디에

앞만 보며 걷던 내가
바뀌었다

틈만 나면
뒤도 돌아보고
아래를 내려다보게 된다
종아리에
아무렇게나 길을 낸 튼살

몰래 너만 쳐다보던 마음이
더는 참지 못하고
붉게 터져 나온 것일까

하필 제일 들키기 싫은 너에게
들켜 버리고 말았다

94

한번 터져 나온 튼살은
아물어도 자국이 그대로 남는데
내 마음도 따라 그곳에 남을까 봐

안쓰러움 반
미움 반

비대면 수업

학교에서
컴퓨터가 없는 아이들은 따로 교무실로 오란다

교무실이 무슨 도깨비방망인가
뭐만 없으면 두드리래

친구들은 학교 안 와도 된다고
신나서 난린데

이제는 컴퓨터까지 얻어 쓰나 싶어
마음에 뿔이 날 것 같다
날카롭고 부서지지 않는

만나지 않아도
만나게 되는
도깨비 같은 비대면 수업

돌멩이

괜찮아
맞아도 싸
쟤는 그래도 돼
아이들이
서로를 격려하며 나를 때린다

이제는
아이들 발길에 차여도
아픈 줄도 모르고
마음의 모서리 뭉툭하게 닳아
조금씩 단단해진다

사람으로 태어났는데
돌멩이가 되어 간다

먼치킨*은 없다

사장이 씹던 껌을 쭈―욱 잡아당긴다
주문은 계속 들어오고

새벽까지 쭈―욱 늘어나는 알바 시간
단물 빠진 하루가 씹힌다

튀기고 포장해서 내놓으면 끝인데
이런 꿀알바가 어디 있냐고
침 튀기듯 사장이 내뱉는다

닭 튀기다 내 살도 튀기고
치킨 박스 접다 손가락 베이고
끊임없이 닦아 내는 기름때도
뭐 별거 없다면
별거 없지

쭈―욱 잡아당겨진 알바 시간은
돌돌 말려

새벽의 입안으로 쏙 들어가고

내 근무 시간 외 수당은
질겅질겅 씹혀 또 사라진다

* 『오즈의 마법사』에 나오는 난쟁이 '먼치킨'에서 유래한 말로, 흔히 게임 등에서 아주 센 캐릭터를 뜻하는 단어로 사용된다.

골목에서 골목으로 흐르는 시

김중미 작가

만석동에 들어와 살기 전, 영등포에 있는 한 대학 병원 원무과에서 5년간 일했다. 대학 병원이라 늘 환자들이 넘쳐났는데, 밤에는 특히 구로 공단의 노동자들과 구로동, 독산동, 가리봉동, 신림동, 봉천동의 도시 빈민들로 붐비었다. 잘리고, 찢기고, 부러지고, 곪아 터진 상처투성이 몸으로 응급실을 찾아온 사람들을 만나며 나는 세상을 만났다. 그 대학 병원 원무과 야간 당직실은 나의 첫 대학이었다.

원무과 수납 업무를 담당한 지 막 1년이 지났을 때 나는 산부인과 병동을 관리했는데, 하루는 제왕 절개 수술을 받고 입원한 산모가 사라져 버렸다. 의료 보험이 없는 일반 환자여서 자칫하면 수납을 담당한 내가 월급의 두 배가 넘는 수술비와 입원비를 물어내야 할 판국이었다.

결국 주말에 주소를 들고 사라진 산모를 찾아 나섰다. 그렇게 찾아간 곳이 구로구 독산동이었다(지금은 금천구 독산동이다). 버스 정류장에서 한참 들어가니 아스팔트도 깔리지 않은 골목이 나왔다. 2월, 얼었던 땅이 녹아 질퍽였다. 한참을 헤매다가 노동자들이 주로 살던 주택가 앞에 섰다. 닭장 집, 벌집이라고 불리던 곳이었다. 2층에만 문이 열 개가 넘어 보이던 그집 맨 끄트머리 방에 산모가 살았다.

방 안 살림살이라고는 서랍장과 냉장고, 비키니장이 전부였다. 방 안을 가로지르는 빨랫줄에 천 기저귀가 걸려 있어서 아랫목에 있는 산모와 아기를 보려면 커튼을 젖히듯 기저귀를 들춰야 했다. 휴대용 버너와 싱크대 한 짝이 있는 부엌에서 미역국을 끓이던 남편은 병원비를 낼 수 없는 사정을 화내듯 쏟아냈고, 아이가 인큐베이터에 있는 동안 젖이 말라 분유를 먹여야 하는데 분유 살 돈조차 없다고 울먹이던 산모는 죄송하다며 계속 머리를 조아렸다. 겨우 네 살, 일곱 살쯤 되어 보이는 남매는 자기들이 죄를 지은 양 입을 꾹 다물고 방 한구석에 쪼그리고 앉아 있었다.

나도 겨우 2년 차 월급쟁이인데 산모분이 병원비를 못 내시면 내가 두 달 치 월급인 병원비를 물어내야 한다며, 반이라도 내 주시면 병원에다 사정을 말해 보겠노라고 했다. 그러자 남편은 병원비를 낼 돈이 없으니 차라리 자기가 감옥에 가겠다고 했다. 결국 돈 한 푼 받지 못하고 집을 나왔는데, 집 바로 옆에 있던 슈퍼에서 발길이 멈추었다. 쌀과 분유 한 통, 그리고 과자 몇 봉지를 사서 방 안에 넣어 주고는 독산동 골목을 나왔다. 그리고 일주일 뒤, 원무과 과장이 아기 아빠가 입원비의 절반 정도 되는 돈을 가져왔다고 전해 주었다. 그러나 전혀 기쁘지가 않았다. 돈을 마련하느라 또 빚을 졌을 부부가 명치끝에 걸렸다.

그 뒤로도 나는 독산동의 벌집과 시흥동의 주공 아파트 단지와 뚝방을, 그리고 구로동과 가리봉동을 헤매고 다녔다. 그때마다 동료들에게 말했다. "나는 이 골목이 좋아. 신림동과 봉천동 달동네도 좋아." 그로부터 3년 뒤 나는 대학 병원을 그만두고 또 다른 빈민 지역을 찾아 나섰다. 그리고 내가 구로구, 영등포구, 관악구에서 만난 사람들을 닮은 인천의 서쪽 바닷가 공장 지대의 작은 동네에서 어린이들과 청소년들이 머물 공부방을 열었다. 하루하루 살아가느라 바빠 구로구가 금천구로 나뉘었다는 것은 나중에야 알았다.

창비교육으로부터 일면식조차 없는 신지영 시인의 청소년 시집에 발문을 써 달라는 청탁을 받고 잠시 망설이다가 시를 보내 달라고 했다. 그리고 도착한 시집 원고. 「해피 버스데이 우리 동네」라는 시를 읽고는 글을 써 보자고 마음먹었다. 시를 읽으며 35년 전의 그 골목으로 시간 여행을 떠났고, 다시 현재로 돌아와 지금의 우리 동네 만석동과 화수동에서 만난 청소년들과 함께 금천구에 사는 청소년들을 만나러 갔다. 금천구의 골목과 만석동의 골목이 서로 연결되어 골목마다 시가 흘렀다. 그 시가 두 동네의 청소년들과 이웃들을 만나게 하고 서로에게

위로와 희망이 되는 느낌이 들었다

흔한 날이죠
촛불처럼 꽂힌 가로등
희미한 빛 따라
할머니 할아버지 들은
폐지 가득한 밤을 주워요

언제나처럼
아저씨 아줌마 들은
시퍼런 새벽 돈 벌러 나가죠
잿빛 솜사탕, 매연을 뜯어 먹으며
피곤이 우거진 첫 버스를 타요

녹슨 웃음이 삐걱대는 놀이터
작은 공장의 불빛이 하나씩 꺼지고
낡은 지갑을 든 엄마들이 데리러 올 때까지
아이들은 분홍 야광 공처럼 튀어 다니죠
그 빛이 또 얼마나 예쁘다고요

우리 동네는 사람을 먹여 살리지 못하죠
달콤한 케이크의 중심부를 먹어 보지 못했어요

그런데 신기한 건 모두 충치가 있다는 거예요
썩어서 동그랗게 구멍 뚫린 삶
누구는 시간을 갉아먹은 흔적이라고도 했죠
왜 이 거리 사람들은 치과도 가지 못하는 걸까요
그러면서 뭐가 좋다고 배춧잎처럼 푸르게 웃는지

오늘은 3월 1일
해피 버스데이 우리 동네
내 생일하고 똑같아 잊을 수 없죠
초가 꽂힌 케이크 같은 건 없지만
우리가 우리에게 선물인 건 믿어요
아무도 축하해 주지 않는 추운 봄날이에요
　　　　　　　　　　—「해피 버스데이 우리 동네」 전문

"할머니 할아버지 들은/폐지 가득한 밤"을 줍고, "아저씨 아
줌마 들은/시퍼런 새벽 돈 벌러 나"간다. 그래도 "우리 동네는
사람을 먹여 살리지 못"한다. 그렇지만 우리 동네에는 게으른
사람은 없다. 모두 새벽부터 밤늦게까지 일한다. 그래서 "녹슨
웃음이 삐걱대는 놀이터"에서 "작은 공장의 불빛이 하나씩 꺼
지고/낡은 지갑을 든 엄마들이 데리러 올 때까지/아이들은 분
홍 야광 공처럼 튀어 다"닌다. 우리 동네 만석동에서도 아이들
은 공장에 간 어른들이 집에 돌아올 때까지 원목을 실어 나르

는 11톤 트럭과 녹슨 철물을 실은 덤프트럭이 오가는 일차선 도로에서 공을 차고 다방구를 하며 놀았다.

나는 그 길가 판잣집 2층에 '기찻길 옆 공부방'을 열었다. 처음 공부방을 열었을 무렵에 한 아이가 내게 말했다. "공부방 이모, 이모가 어디 가더라도 공부방에 불 켜고 나가면 안 돼요? 공부방에 불이 켜져 있으면 이모가 거기서 우리가 노는 걸 보고 있는 것 같아서 안심이 돼요." 그 뒤로 나는 웬만하면 공부방을 떠나지 않으려고 애썼다. 그때 서로의 존재가 서로에게 선물이 되고 있다는 것을 알았다. 시인이 "우리가 우리에게 선물"이라고 믿었던 것처럼.

우리 동네 사람들은 "달콤한 케이크의 중심부를 먹어 보지 못했"는데도 충치가 있다. 요즘에는 썩은 이에 진통제를 들이부으며 치통을 견디는 사람이 많지 않지만 여전히 버스를 타고 나가야 하기에 치과에 잘 가지 않는다. 그러면서도 "배춧잎처럼 푸르게 웃는"다. 시인이 말하는 '배춧잎처럼 푸른 웃음'을 나는 안다. 그건 치통을 앓아 보고, 생계를 위해 고단한 삶을 살아 본 사람들이 서로를 위로하는 웃음이다.

지우개 밥을 뭉친다
동글게 동글게
쇠똥구리가 굴리는 똥처럼

지우개 똥을 뭉친다
동글게 동글게
쇠똥구리가 굴리는 밥처럼

내가 밥이라 부르는 걸
내 짝은 똥이라 부른다
밥이 똥이 되는 순간
똥이 밥이 되는 순간
우리는 서로 다르다

다르지만 같은
동글게 동글게 뭉치는 마음

똥이 거름이 되고
밥이 똥으로 나오는 것처럼
서로 맞물린 마음

—「밥과 똥」 전문

누구는 '똥'이라 하고, 누구는 '밥'이라 한다. 누구는 '밥'이
되고, 누구는 '거름'이 된다. 그렇게 서로 맞물려 생명을 키우고
보살핀다. 밥과 똥이 "동글게 동글게" 뭉쳐지는 건 어쩌면 필연
인지도 모르겠다. 지우개 밥과 지우개 똥이 서로 하나가 되는

모양을 보며 차이와 결손을 메우는 둥근 삶을 떠올리는 시인의
마음이 시를 읽는 나의 시선과 포개진다.

> 엄마는 손톱을 깎을 필요가 없었어
> 손톱이 닳게 일해야 했거든
> 이라고 썼더니 너무 감상적이라고 쓰지 말란다
>
> 갈라진 시멘트 틈으로
> 가난처럼 빗물이 스며 들어온다
> 라고 썼더니 너무 감상적이라고 쓰지 말란다
>
> 무료 시 창작 교실 선생님 말씀에 따르면
> 아, 내 삶은 감상적인 거였구나
> 엄마는
> 찢어지게가 아니라
> 찢어질 것도 없이 가난한 게 우리 집이라는데
> 그것도 감상적인 거였구나
>
> 그래서 나는 글에서 가난을 풀어내지 못하고
> 그저 몸과 마음에 담아 두기로 한다
>
> ──「감상적」 전문

가슴이 뭉클하고 코끝이 시려 온다. "너무 감상적"이라는 지적을 받은 아이가 나인 것처럼 얼굴이 화끈거리고 가슴이 쓰라리다. 화자는 "무료 시 창작 교실"에서 보이지 않는 경계와 경험의 차이를 본다. 진실을 만나지 못한 관념과 원칙과 문법이 떠오른다. 엄마와 자신의 이야기를 더는 "풀어내지 못하고/그저 몸과 마음에 담아 두기로" 하는 화자의 마음이 안타깝다. 그러나 정작 시가 된 것은 화자의 몸과 마음에 담긴 엄마의 삶, 그리고 아이의 슬픔이다. 시가 된 '가난'은 숨겨야 할 것이 아니라 드러내고 함께 극복해야 할 것이다. 내가 만나는 청소년들은 가끔 자신의 처지를 이해하지 못하는 선생님들에게 상처를 받는다고 고백한다. 그럴 때면 어떻게 하느냐는 말에 가볍게 말한다. "뭐, 좋은 집안에서 어려움 없이 자란 선생님들이 계시니까요. 악의가 있는 게 아니라는 걸 아니까, 그런 선생님을 저희가 이해해 드리는 거죠." 때로는 아이들의 내면이 어른들보다 더 깊다.

짬뽕 먹다 흘린 국물
빨간 얼룩이 나 같다는 생각이 들었다

(중략)

아무리 지우려 해도 사라지지 않고

끝내 나는
엄마가 낳은 얼룩이 되었다

— 한국 사람도 아니고
　중국 사람도 아닌
　너를 낳는 게 아니었어

그 말을 들을 때마다
조금씩 흐려지는 나를 본다

한국 음식도
중국 음식도 아닌
짬뽕처럼
이것도 저것도 아닌
엄마에게 지워지지 않는 작은 얼룩을

　　　　　　　　　　　　—「얼룩」부분

　몇 년 전만 해도 사람들은 중국 엄마와 한국 아빠, 베트남 엄마와 한국 아빠, 태국 엄마와 한국 아빠가 농촌에만 있다고 생각했다. 그러나 지금은 글로벌 사회, 하늘길이 도시와 도시를 잇는 고속도로처럼 된 지 오래다. 중국 지린성 지린시 혹은 지안시, 베트남 동나이 혹은 호찌민이 고향인 엄마가 전남 고흥

이나 충남 당진이 고향인 엄마만큼 흔한 세상이 되었다. 팬데믹으로 하늘길이 막혔어도 국경을 막을 수 없는 세상이다. 골목 밖을 나가면 중국 마라탕집이 국밥집만큼 많고, 쌀국숫집이 짜장면집 못지않게 흔한 세상을 살면서 중국 엄마와 한국 아빠 사이에서 태어난 아이가 자기를 '얼룩'이라고 느끼게 하는 세상은 옳지 못하다. 한국 사람, 중국 사람으로 갈라 봤자 똑같이 독산동 시장에서 반찬을 사고, 같은 대형 마트를 다니고, 추석을 쇠고 설을 쇤다.

우리 동네에도 한국 사람, 중국 사람, 베트남 사람, 필리핀 사람 들이 모여 산다. 한국 사람과 중국 사람, 한국 사람과 베트남 사람 사이에서 태어난 아이가 '얼룩'이 아니라 빨강과 파랑이 섞여 신비로운 보라색이 되고, 파랑과 하양이 섞여 하늘색이 되고, 빨강과 하양이 섞여 분홍색이 되듯 경계를 허무는 아름다운 색이 될 수 있는 곳이 여기다. 서울 변두리에 진짜 아름다운 무지개가 뜨는 날이 왔으면 좋겠다.

찌든 삶의 모서리마다 이유는 있지만
대단한 것도 아니었다며
그저 좋은 것만 기억하면 된다고 말한다
엄마는

— 그 좋은 기억에 나를 낳은 것도 있어?

엄마에게 묻고 싶지만
마음에 묻었다

— 「어려운 질문」 부분

아이들은 어느 정도 자라면 엄마 아빠에게 묻고 싶은 것을 내색하지 않고 삼켜 버린다. 때로는 좋은 것만 기억하는 어른들의 말을 믿는 것도 나쁘지는 않다. 나도 아픈 기억보다 좋은 기억을 더 오래 기억하면서 그 기억 덕분에 살아간다. 그러나 묻고 싶은 것을 참고 지나가는 아이들의 마음에는 생채기가 나기 마련이다. 그 생채기가 쌓이다 보면 덧나기도 하고 흉터가 생기기도 한다. 아이들은 자신의 존재가 엄마에게 짐이 되지 않았으면 좋겠다는 바람을 품는다. "그 좋은 기억에 나를 낳은 것도 있어?" 묻고 싶은 질문을 마음에 묻어 두는 아이에게 내가 대신 대답해 주고 싶다. "수많은 기억 중에서 가장 좋은 기억은 너를 낳은 것이란다."

공장들이 문을 닫자 동네가 비었다
짐이 반도 안 찬 용달차는
하늘처럼 새파랗다

여기서 더 밀려날 것도 없다며

엄마는 마음의 매듭을 꼭꼭 묶는다

(중략)

살림을 비운 방은
내 마음과 똑같다

볕도 안 드는 낮은 창문 아래
노랗게 닳은 한쪽 벽
참 오랫동안 기댔다

동그랗게 반질거리는 상처들은
아직도 아물지 못했다

눅눅한 지하의 공기를 뚫고
낮은 천장을 뚫고
주인집 지붕을 뚫고
푸른 희망의 지느러미 쫓아 헤엄쳐 올라가다
도착한 옥탑방
아직은 괜찮다
　　　　　　　　　　　　　　　　—「이사」 부분

골목이 살아 있고 오래된 집이 남아 있을 땐 반지하든 옥탑방이든 가난한 사람들이 이사할 곳이 있었다. 옮겨 갈 집이 있다는 건 그나마 다행스러운 일이다. 그러나 재개발이 될 동네는 월세도 전세도 구하기 힘들다. 학교가 가깝고 엄마 아빠의 일터가 가까운 곳에 집을 구할 수 없게 된 이들은 이제까지 서로를 돌보는 생명 줄이었던 골목을 벗어나 낯선 거리, 낯선 집, 낯선 사람들이 있는 곳으로 옮겨 가야 한다.

공장이 문을 닫고 사람들이 떠난 자리에 들어선 초고층 아파트에는 옥탑방이나 반지하에 살던 가난한 사람들을 품을 자리가 없다. "푸른 희망의 지느러미 쫓아 헤엄쳐 올라가다/도착한 옥탑방"에서 "아직은 괜찮다"는 희망을 품을 수 있어 다행이다. "눅눅한 지하의 공기를 뚫고/낮은 천장을 뚫고/주인집 지붕을 뚫고" 도착한 우리들의 "푸른 희망"이 초고층 아파트에는 다다르지 못할까 봐 슬프다. 그래도 "여기서 더 밀려날 것도 없다며/엄마는 마음의 매듭을 꼭꼭 묶는다". 그런 엄마의 의지가, 포기할 수 없는 절실한 "푸른 희망"이 우리의 날개가 되기를 기원한다.

옛날에 옛날에 원룸에서 살던 남자와 원룸에서 살던 여자가 만나

원룸에서 살았다

원룸+원룸=원룸이 됐다
둘은 아주 잠시 행복했다

여자는 식당에서 열두 시간 설거지를 하고
남자는 편의점에서 열두 시간 알바를 했지만
투룸으로 가지 못했다

몇 년이 흘러
나를 낳았다
그사이 월세는 전세가 됐다

엄마는 나를 보살펴야 해서
아빠 혼자 공장에서 열두 시간을 일했다

아끼고 또 아꼈지만
전세를 다시 월세로 돌려야 했다

내가 중학교에 들어갈 쯤엔 행복도 말라붙었다
엄마가 집을 나갔다
아빠는 우는 나를 껴안고 둘이서 잘 살자고 했지만
몇 년을 버티지 못했다
어느 날 눈을 떠 보니 아빠도 없었다

달랑 한 장 남긴 쪽지에는
할머니네 주소가 적혀 있었다

원룸에 혼자 남았다

—「원룸」 전문

"원룸에서 살던 남자"와 "원룸에서 살던 여자"가 만나 원룸에서 같이 살았다. 두 사람은 "열두 시간 설거지"를 하고 "열두 시간 알바"를 했지만 "투룸으로 가지 못했다". 그리고 끝내 각자 혼자가 되었다. 두 사람 사이에서 태어난 '나' 역시 혼자가 되었다. 왜 가난은 이렇게 이어지고, 가난한 사람들의 이야기는 계속되는 것일까.

이 시를 읽으며 눈시울을 붉힐 얼굴들이 떠오른다. 한바탕 울고 나면 원룸에 혼자 남은 외로움이, 막막함이, 절망이 좀 옅어질지도 모르겠다. 그 원룸 밖 또 다른 원룸에 같은 이야기를 품은 사람들이 산다는 것이 위로가 될까? 그렇지 않을 것이다. 원룸에 혼자 남은 아이와 또 다른 아이가 만나 서로의 이야기에 귀를 기울일 때 비로소 위로가 되고 힘이 될 것이다. 이 시가 그 연결 고리가 되었으면 좋겠다.

항상 같은 버스를 탄다

참고서 가득한 가방을 안고 조는 나
땀에 절어 흙 묻은 가방을 안고 조는 아저씨

피곤한 얼굴로 나만 조는 게 아니다
괜히 친해지는 기분이다

생각해 보니 우리는 같은 길을 가는 사람
매일 막차를 타고 얼굴을 본다

하지만 인사 한번 안 한 사이다

종점은 안양 유원지
둘 다 버릇처럼 노선표를 보지만
아무도 종점까지 가지 않는다

　　　　　　　　　　　　　　　—「같은 길」 전문

　　동병상련이라고 해야 할까? "인사 한번 안 한 사이"이지만
같은 시간에 같은 버스를 타는 사람들을 기억한다. 오랫동안
같은 버스를 타다 보면 "괜히 친해지는 기분"이 든다. 늘 타던
정류장에서 타지 않는 누군가를 걱정하게 되고, 며칠 만에 만
나면 반가운 마음마저 든다. 이 시를 읽으며 저절로 고개를 끄

덕일 사람이 적지 않을 것이다. 서로의 고단한 삶에 대한 공감
이 위로와 작은 희망이 된다.

왕따랑 은따가 친구라고 놀림도 많았지만
혼자보단 둘이 좋더라
네가 있을 때는 견딜 만했어 학교가

네가 떠나며
등대가 되어 준다고 말했을 때
거짓말쟁이인 줄 알았지
도망치듯 학교도 그만두면서
어떻게 등대가 돼?

방문을 걸어 잠그고
아무도 만나지 않고
혼자서 화면하고만 논다며
반 애들이 킥킥대고 비웃는데도
너는 정말로 내 등대가 되어 주더라

메시지로
메일로
자기처럼 포기하지 말라고

반짝반짝 신호를 보내더라
너는 지지 말고
이겨 내라고
깜깜한 내 마음에 빛을 보내
길을 찾아 주더라

—「등대」 전문

　코로나19가 시작되고 나서 자꾸만 세상에서 물러나는 아이들이 늘어난다. 관계의 끈을 하나씩 놓는 아이들이 기댈 곳은 어디일까. 학교에 남은 아이들에게 "자기처럼 포기하지 말라고/반짝반짝 신호를 보내"며 정작 자신은 "방문을 걸어 잠그고/아무도 만나지 않고/혼자서 화면하고만" 노는 아이에게도 집 밖으로 나가는 문을 열 수 있도록 바깥세상의 소리와 빛, 바람, 공기를 전해 주어야 한다. 문을 열고 밖으로 나와도 다치지 않는다는 것을, 곁에 서 줄 사람이 있다는 것을 느끼도록 해 주어야 한다. 방문을 닫고서 친구에게 신호를 보내는 이 아이도 실은 밖으로부터 반짝반짝 빛나는 생명의 신호를 받고 싶은 건지도 모른다. 안과 밖을 연결하는 것, 그것이 바로 시의 역할이 아닐까.

　오래된 나무를 벤다
　바람을 안았던 무성한 나뭇잎들이 힘없이 툭

뿌리가 뽑힌다
벌레와 새 들이 살았던 동네가 옆으로 고꾸라진다

그곳에 살던 벌레며 새며 다 쫓겨났다
동네 하나가 뽑혔다

뽑힌 곳이 휑하다
저기에 새 집을 심은들 좋을까

벌레와 새 들의 동네는 이제 없다
평당 가격이 매일 올라가는 땅에 나무가 사는 꼴은 못 보
겠다는데
그곳에 살던 원주민 따위는 알 바 없었겠지

—「나무네 동네」 부분

벌레와 새 들의 동네인 나무, 갈 길을 잃은 채 허공을 헤매는 새들이 눈에 밟힌다. 먹이를 얻고 알을 까던 집을 잃었을 곤충과 벌레 들, 땡볕에 폐지를 줍다 쉬던 그늘을 잃은 노인들, 영양소가 닿지 않아 서서히 메말라 갈 뿌리. 그 "나무네 동네"에서 재개발을 떠올린다. "평당 가격이 매일 올라가는 땅에 나무가 사는 꼴은 못 보겠다"며 여기도 저기도 다 재개발 중이다. 오래된 주택이 모여 있는 동네마다 걸린 재개발 현수막들, 사람들

은 펄럭이는 현수막을 올려다보며 브랜드 아파트에 입주할 꿈
을 꾼다. 그러나 열에 아홉은 그 아파트에 들어가지 못한다. 낙
엽처럼 우수수 떨어지는 중산층의 꿈. 세상은 밀려난 아홉을
기억하지 않는다. 베어 나간 "나무네 동네"를 지우듯 그렇게
가난하지만 사람들을 따뜻하게 품어 주던 동네를 잊는다.

　　가출한 선배 얘기가 생각났다
　　놀이터 화장실에서 자는데
　　신문지도 별로고
　　훔친 잠바도 별론데
　　깜장 쓰레기 봉다리가 최고였다고

　　그 안에 들어가면
　　물이 스밀 걱정도 없고
　　몸도 따뜻해지더라고

　　질기고 질긴
　　싸구려 깜장 비닐 봉다리의 위대함이여

　　　　　　　　　　　　—「깜장 비닐 봉다리」 부분

거리 생활을 선택한 청소년들 대부분이 가정 폭력이나 가정

해체가 원인이 되어 집을 나왔다고 한다. 살기 위해 집을 나올 수밖에 없었다는 말이다. 그런데 막상 갈 곳이 없다. 밥을 먹고, 몸을 뉘일 곳이 없다. 어쩔 수밖에 없는 가출을 일탈로만 보는 어른들의 시선을 피해 그들은 오늘도 "깜장 쓰레기 봉다리"를 뒤집어쓰고 공중화장실 차가운 바닥에 외로운 몸을 뉘일 것이다. 팬데믹은 그들이 머물 쉼터도, 밥 한 끼 먹을 무료 급식소도 문을 닫게 했다. 이들의 존재를 잊은 세상에서 시인은 청소년의 시선으로 가출한 아이들을 떠올린다. 가출 청소년들의 춥고 외로운 밤을 걱정하는 시인의 목소리가 새삼 소중하다.

담임이 심각하고 다정하게 말했다

― 다문화 친구랑 짝을 지어서 동네 지도를 그려 올 것

그 순간 나는 섬이 되었다
아주 작아서 지도에서도 보이지 않는

우리는 모두 육지였다
아무도 떨어져 있지 않았다

왜 그걸 담임이 떨어뜨리는 거지?

말이 떨어진 순간
나는 반에서 다문화라는 섬이 되었다
마음이 퍼렇게 출렁거리며 멀리 떠밀려 갔다

혜연이와 함께
어색하게
동네 골목을 다녔다

그렇게 친근하고 낯익던 곳이
다른 나라의
남의 동네가 된 것 같았다

—「섬」 전문

"심각하고 다정하게"라는 말의 느낌을 알 것만 같다. "그렇게 친근하고 낯익던 곳이/다른 나라의/남의 동네가 된 것 같"은 그 마음도 안다. '다문화'라는 말로 굳이 경계를 만드는 까닭은 무엇일까? 이미 국적이 다른 사람들이 섞여 살아가는 사회가 보편화되었는데 굳이 다문화라는 범주를 만들어 다문화와 다문화가 아닌 아이들을 구분하는 까닭은 무엇일까? 그 구분이 없다면 좀 더 자연스럽고 고립이 없는 삶을 살 수 있지 않을까? 우리는 수많은 경계를 지으며 '나'와 타인을 구분하려한다. 금천구와 구로구, 강북과 강남, 서울과 지방, 원도심과 신

도시 등 그렇게 만든 경계 안에서 내가 경계 밖에 있는 사람보다 더 나은 사람이라고 위안한다. 그러나 그 위안은 거짓이다. '나'를 울타리 안에 가두는 고립을 자처하는 행동일 뿐이다. 다문화는 다양한 사람들의 삶과 이야기가 서로 조화롭게 섞이고 존중받는 것을 말한다. 누구도 섬에 고립되지 않는 것이다. 다문화가 따로 있을 수 없다. 우리 모두가 다문화다.

신지영 시인 덕분에 시를 읽던 청소년 시기로 돌아갈 수 있었다. 그때 읽은 시들이 시대의 아픔에 눈뜨게 했고, 나보다 더 가난한 이웃들에게 다가가게 해 주었다. 2021년 가을, 오래전 인연이 있었던 금천구 곳곳을 시로 여행하며 내가 사는 동네의 이웃을 닮은 사람들을 만났다. 그 여행 덕분에 내 시야가 좀 더 넓어지고 마음이 열려 따뜻해졌다. 무엇보다 든든한 이웃을 얻은 느낌이다. 그리고 내가 만나는 청소년들과 함께 읽고 소통할 시를 마주했다. 이 시집 덕분에 우리 아이들도 한 번도 가 본 적 없는 금천구의 아이들과 친구가 될 것 같다. 시는 이렇게 우리와 우리 사이를 연결해 주었다.

동네라는 시

집은 사람을 품어 줍니다. 동네는 집을 품어 주지요. 사실 좀 더 들여다보면 동네는 더 많은 것을 품고 있습니다. 집을 잇는 골목, 빈 놀이터, 허름한 시장, 이름 없는 풀까지도 품지요. 이 동네 안에서 아이들이 자라고 어른들은 삶의 깊이를 더해 갑니다.

지금 동네로 온 지는 20년이 넘었습니다. 서울의 가장 가장 자리 동네에 산다는 이유에서 마치 문 옆에 사는 것 같았습니다. 답답하면 경계를 언제든 열 수 있다는 느낌이었어요. 동네에는 높고 낮은 언덕이 많습니다. 오랫동안 골목을 산책해도 길이 어떻게 연결되어 있는지 제대로 파악하지 못했습니다. 오래전 산을 깎고 마구 집을 지을 때 구획 정리를 제대로 하지 않았기 때문입니다. 그래서 집들의 모양도 골목의 갈래도 제각각이라 이야기가 되었습니다.

우리 동네는 구로구에서 1995년 3월 1일 분리되어 나왔습니다. 동네가 아직 구로구였을 때 많은 젊은이들이 개미굴 같은 방에서 쪽잠을 자고 공장으로 출근을 했습니다. 지은 지 오래된 집들에는 그때의 흔적이 많이 남아 있습니다. 시퍼렇던 꿈들이 얼마나 사무치게 높았을까요. 지금이라고 좀 달라졌는지는 모르겠습니다. 아직도 많은 이들이 가산디지털 단지로 출근을 합니다. 세련된 높은 건물 안의 좁은 작업장으로요. 마치 보기 좋은 박스 안에 가려야 할 것들을 주워 담아 봉해 버린 모양처럼도 보입니다.

동네에는 유난히 작은 수선집이 많습니다. 옛날에 공장에서 일하던 소녀들이 이제 중년을 넘어서 골목마다 자기 가게를 연 것이겠지요. 거의 매일 그 가게들 사이를 지나 동네를 산책했습니다. 멋진 산책로를 걸은 건 아니에요. 기껏해야 차 한 대 지나가면 꽉 차는 골목들을 다닌 것이지요. 그저 사람들의 생활을 스치는 것이 좋았습니다. 집과 집 사이의 길은 소박한 이야기를 떠오르게 하더군요. 인사도 한 적 없고 누구인지도 모르지만 이 낡은 골목에서 함께 살아가는 것만으로 정겨웠습니다. 오래 걷다 보니 특별히 따로 사귄 친구가 있는 것은 아니지만 눈에 들어오는 이야기가 있었습니다. 사람들은 저마다 자신만의 이야기가 있으니까요. 서로 비슷하지만 같은 것은 하나도 없는 저마다의 인생이 그 속에서 빛나고 있었습니다. 이 낡고 오래된 동네와 사람들의 이야기를 시를 통해 전하고 싶었습니다.

　　우리 동네도 몇 년 전부터 고층 아파트와 빌딩이 들어서고 있습니다. 앞으로 점점 더 많아지겠지요. 어떤 사람들에게는 그 건물 뒤의 낮은 집들이 가리고 싶은 곳일지도 모르겠습니다. 하지만 저에게는 함께하고 싶은 이야기입니다. 20년 넘게 동네 안을 걸으면서 어느 순간 '우리'라는 단어가 앞에 붙더군요. 그 순간 나의 세계는 좀 더 따뜻해졌습니다. '우리 동네'에서 지은 시들을 만나는 이들도 따뜻해졌으면 좋겠습니다. 온기를 품고 여러분이 사는 동네를 보세요. 아마 '우리 동네'만큼이나 많은 이야기가 있을 것입니다.

2021년 11월
신지영

창비청소년시선 38

해피 버스데이 우리 동네

초판 1쇄 발행 • 2021년 11월 30일
초판 3쇄 발행 • 2024년 11월 6일

지은이 • 신지영
펴낸이 • 황혜숙
편집 • 정미진 박문수
조판 • 이주니
펴낸곳 • (주)창비교육
등록 • 2014년 6월 20일 제2014-000183호
주소 • 04004 서울특별시 마포구 월드컵로12길 7
전화 • 1833-7247
팩스 • 영업 070-4838-4938 / 편집 02-6949-0957
홈페이지 • www.changbiedu.com
전자우편 • contents@changbi.com

ⓒ 신지영 2021
ISBN 979-11-6570-094-2 44810